Appel à Tous.

LA RÉFORME

DISCOURS EN VERS

PAR

JULES BAGET.

> Tous les citoyens doivent avoir
> le droit de donner leur voix pour
> choisir le représentant, excepté
> ceux qui sont dans un tel état de
> bassesse, qu'ils sont réputés n'avoir
> point de volonté propre.
>
> MONTESQUIEU.

Prix : 30 centimes.

PARIS.

CHEZ :

Mme GOULET,
LIBRAIRE, PALAIS-ROYAL,
Galerie d'Orléans, 7.

DELAUNAY,
LIBRAIRE, PALAIS-ROYAL,
Péristyle Valois, 182-183.

ET CHEZ LES MARCHANDS DE NOUVEAUTÉS.

Appel à Tous.

———— ✦ ————

LA RÉFORME

DISCOURS EN VERS

PAR

JULES BAGET.

> Tous les citoyens doivent avoir
> le droit de donner leur voix pour
> choisir le représentant, excepté
> ceux qui sont dans un tel état de
> bassesse, qu'ils sont réputés n'avoir
> point de volonté propre.
> MONTESQUIEU.

———— ————

Prix : 30 centimes.

———— ————

PARIS.

CHEZ :

Mᵐᵉ GOULET,
LIBRAIRE, PALAIS-ROYAL,
Galerie d'Orléans, 7.

DELAUNAY,
LIBRAIRE, PALAIS-ROYAL,
Péristyle Valois, 182-183.

ET CHEZ LES MARCHANDS DE NOUVEAUTÉS.

(1838)
(C.)

37,798

Au Lecteur.

—

La volonté particulière tend par sa nature
au privilége, la volonté générale à l'égalité.
J.-J. ROUSSEAU.

Si la poésie vit de fictions, elle n'aime pas celles des monarchies soi-disant représentatives.

Lorsqu'on dit aux hommes : vous êtes libres, elle veut qu'ils soient libres.

Lorsqu'on leur dit : vous êtes égaux devant la loi, elle veut qu'ils soient égaux devant la loi.

En est-il ainsi en France? Nullement. On reconnaît les principes, on refuse les conséquences.

La souveraineté réside essentiellement dans le peuple, et le peuple n'a aucun droit politique.

La loi doit être l'expression de la volonté générale et cent quatre-vingt mille électeurs imposent leurs députés à trente-trois millions d'hommes.

La moralité, le travail, le talent, le savoir sont la véritable force des états, et la corruption, l'incapacité, l'égoïsme et la servilité nous gouvernent.

Parmi nous, la raison, le droit et le fait sont en lutte

perpétuelle. L'argent et les baïonnettes, voilà nos maîtres.

On s'étonne que tout aille mal ; je serais étonné si les choses allaient mieux. Une mauvaise cause peut-elle produire de bons effets? Un mauvais arbre produit-il de bons fruits ?

La réforme est donc nécessaire, et tout vrai citoyen doit élever la voix pour l'obtenir.

Déjà la pétition pour la réforme électorale est couverte de signatures. Que l'ouverture des chambres stimule le zèle des retardataires.

Dans une circonstance aussi décisive, l'indifférence est un crime et une lâcheté.

En publiant ces vers, j'ai voulu donner une adhésion de plus au principe de la réforme : heureux si ma faible unité est utile à quelque chose.

Quoi qu'il arrive, les sentimens du citoyen seront l'excuse du poète ; car je puis aimer les gouvernemens républicains et parler pour le peuple, mais je ne suis pas un Tyrtée.

LA RÉFORME.

—

Tous les citoyens doivent avoir le droit
de donner leur voix pour choisir le représentant, excepté ceux qui sont dans un tel
état de bassesse, qu'ils sont réputés n'avoir
point de volonté propre.
                              MONTESQUIEU.

Des actes, des actes et encore des actes,
ou vous croupirez éternellement dans votre
misère.   LAMENNAIS.

France, le temps n'est plus où de sombres beffrois
Eternisaient la peur sur l'oreiller des rois ;
Où partout dans Paris, sur la place publique,
On entendait gronder la jeune république,
Et demander pour tous, au nom de l'équité,
L'égalité des droits avec la liberté.
Oui, ces jours sont passés : le peuple dans l'attente,
Comme le fier Achille, est rentré sous sa tente.

J'en conviens, tout est calme ou du moins le paraît,
Et, bien que le volcan se repose à regret,
Nos soldats de réserve, immobile recrue,
Les pavés de juillet, sommeillent dans la rue !
Osons donc, quand chacun veille dans son repos ,
Osons de la réforme arborer les drapeaux,
Et, bravant un pouvoir dont l'aveugle colère
Médite plus de mal que son bras n'en peut faire,
Pour vaincre un ennemi servile et corrupteur,
Réclamons pour chacun le *droit d'être électeur.*

Déjà la presse libre, impartial jury,
A cloué le pouvoir à son grand pilori ;
Et je veux à mon tour, suivant sa noble trace,
De ministres sans frein stigmatiser l'audace,
Et, gravant leur arrêt sur un large écriteau,
Les attacher moi-même à l'infamant poteau.
Aussi bien n'a-t-il pas mérité son supplice,
Ce pouvoir de nos maux l'auteur ou le complice?
Qu'a-t-il fait pour la France? et quels sont ses bienfaits?
Mon œil, en les cherchant, ne voit que ses méfaits.
Partout du servilisme encourageant la honte,
Il peut dire à quel taux le déshonneur s'escompte ;
Combien il faut d'argent aux coffres de l'état,
Pour convertir un homme au rôle d'apostat ;

Comment, à la bassesse ajoutant l'avarice,
On s'amasse un trésor, qui jamais ne tarisse ;
Par quel adroit prestige on leurre un député,
Qui s'érige en Brutus et veut l'égalité ;
Comment on le désarme, et comment une place
Dans son réseau doré l'enchevêtre et l'enlace ;
De quel masque couvrant quelque honteux moyen,
On gagne un électeur, candide citoyen,
Et comment cette voix, dans l'urne aléatoire,
Donne au Juste-Milieu son infâme victoire.

Hé bien, ce n'est pas tout : corrupteur au dedans,
Il est vil au dehors, et partout ses agens,
Entraînés dans l'égout de ses ignominies,
Exhalent une odeur digne des gémonies.
Brave en face du faible et lâche avec le fort,
Il flatte bassement l'autocrate du Nord.
Que lui fait la Pologne ? Il laisse Varsovie
Agiter son cadavre, où s'épuise la vie,
Et demander qu'un jour ses enfans au berceau
Puissent en Polonais prier sur son tombeau !
Veut-il du moins, sortant d'un sommeil léthargique,
Appuyer de son bras nos frères de Belgique,
Allumer ses canons pour soutenir leurs droits,
Et foudroyer enfin l'insolence des rois ?

Non ; et comme en repos il se promet de vivre,
Il dit à ses voisins : « Qu'un autre vous délivre ! »
Voyez encor l'Espagne : il sait qu'elle se bat
Comme un gladiateur épuisé du combat,
Languissante, sans chefs contre la tyrannie,
Et dans son propre sang noyant son agonie :
Eh bien ! qu'elle périsse ; et si tel est son sort,
Peut-être il versera des larmes à sa mort !
Voilà l'humanité, telle qu'en politique
Le pouvoir aujourd'hui la comprend et l'applique.

Pour assombrir encor les couleurs du tableau,
Son glaive n'est jamais calme dans le fourreau ;
Sa voix chaque matin, haineuse et menaçante,
Fait un vaste complot d'une trame innocente ;
Il flaire les procès, et tranchant du Sylla,
Il jette les proscrits à sa camarilla.
Il frappe *Némésis*(1), non pas cette profane
Qui s'est vendue à lui comme une courtisane,
Mais cette *Némésis* qui marche sabre nu
Sur le vice insolent, sur tout crime connu.

(1) M. Destigny, l'auteur habile et courageux de la *Némésis
incorruptible* a été condamné à trois mois de prison et à 1,500
francs d'amende pour avoir publié sans dépôt préalable de cau-
tionnement un écrit périodique traitant de matières politiques.

Pour lui, la vérité n'est jamais bonne à dire,
Et vanter la vertu, c'est toujours le maudire.
Il poursuit les recueils (1), les journaux ; tout écrit,
Tout jusqu'aux œuvres d'art l'inquiète et l'aigrit ;
Et l'immense volcan, qui jour et nuit fermente,
Agite son sommeil, l'obsède et le tourmente.
Dans ses transports fiévreux, son œil électrisé
Brûle de mille éclairs comme un prisme brisé ;
Il rugit, et voudrait, bourgeois ou prolétaire,
Broyer tout citoyen sous sa dent de panthère.
Aussi, jeune imprudent, n'allez pas à minuit,
Près du jardin royal, comme un sylphe qui fuit,
Contempler en rêvant l'amoureuse fenêtre,
Où l'ombre d'une femme à vos yeux doit paraître !
C'est l'heure où les démons qui veillent dans les cours
De leurs noirs attentats recommencent le cours,
Où leur sombre génie, auprès du gaz qui brille,
Un linceul à la main, erre de grille en grille,
Murmurant de longs mots, que nous ne savions pas,
Et dont le sens obscur ordonne le trépas.
Ils sont fils de l'enfer ; mais, lorsqu'un homme tombe,
Ils dérobent aux yeux le cadavre et la tombe,
Et leur froide pitié pour un père indigent
Croit tarir tous ses pleurs avec un peu d'argent !

(1) Nous pouvons citer l'*Almanach populaire de la France* pour 1839, saisi le 3 novembre dernier.

Diviser pour régner, et régner pour corrompre,
C'est la loi du pouvoir : cette arme, il faut la rompre.
Car j'en appelle à vous, citoyens de tout rang,
Pour qui jamais un droit ne fut indifférent,
Et qui vous indignez, quand trompant la patrie,
D'un pouvoir corrompu la voix vous injurie :
Fils de la liberté, faudra-t-il donc toujours
Tolérer mille maux, la lèpre de nos jours ;
Adorer à genoux ces vénales idoles
Dont l'impudeur s'exhale en menteuses paroles ;
Ces ministres de cour, impuissans matelots,
Qui vont à la dérive, errant au gré des flots,
Ces valets sans livrée et sans indépendance,
Vrais Séides du trône et dans sa confidence,
Qui, secouant sur nous les plis de leur manteau,
Nous couvrent des abus qui germent au château ?
Aussi voyez l'écueil où ces adroits pilotes
Ont échoué leur barque ! Avec tous leurs ilotes,
Leurs journaux, leur police et tout cet appareil
Qu'ils savent au besoin étaler au soleil ;
Avec tous leurs limiers pour découvrir l'embûche,
A chaque instant leur pied dans le piége trébuche ;
Et leur mille terreurs suffisent pour montrer
Que sortis du néant ils sont près d'y rentrer.

Citoyens, la réforme est l'ardente oriflamme
Où chacun doit graver les saints droits qu'il réclame.
Cette noble bannière, amis, arborons-la :
Je vous l'ai déjà dit, notre salut est là.
C'est un devoir pour tous de conjurer la crise ;
C'est même un droit légal : la charte l'autorise.
La charte ! entendez-vous, ce programme incomplet,
Dont on a mutilé jusqu'au dernier feuillet,
Et qui n'est plus, hélas ! qu'un absurde fétiche,
Paradant sur nos murs comme un lambeau d'affiche.
Et d'ailleurs la Raison, sur ses tables d'airain,
Proclame hautement le peuple *souverain*.
Cette loi d'équité, ce dogme tutélaire
N'aura-t-il pas enfin son trône populaire,
Lui, qui toujours chassé du légitime rang,
Ne fut jamais admis qu'au baptême de sang ?
Frères, écoutez-moi : La voix du ministère
Croit vous avoir contraints pour jamais à vous taire,
Quand elle vous a dit : « Obscurs réformateurs,
Pour parler du pays, êtes-vous électeurs ?
Avez-vous *deux cents francs* à verser au Pactole,
Dont l'or, de votre roi fait briller l'auréole !
Avez-vous des maisons, une ferme, un château,
Riant dans un vallon ou sur un frais coteau ?
Avez-vous seulement la tardive espérance
D'en posséder un seul sur le sol de la France ?

D'où vous vient cette audace, enfans déshérités,
Vil troupeau sans fortune et sans propriétés,
De réclamer des droits dont le juste héritage
Du riche et du puissant est l'exclusif partage ?
Vous avez beau compter vos trente-trois millions,
Notre nombre suffit : avec nos bataillons,
Nous foulerons aux pieds votre *cohue* (1) armée,
Et tous vos grands projets s'en iront en fumée.
Vous pouvez tous parler ; mais c'est hors de saison,
Et vous êtes des fous avec votre raison. »
Ainsi vous le voyez : dans la moderne école,
Tout pour et par l'argent, voilà son protocole.
La loi nous dit égaux ; mais un bras redouté
Nous arrache au banquet de la communauté.
Moralité, savoir, travail, intelligence,
On enveloppe tout dans la même vengeance.
Artiste, prolétaire, écrivain ou marchand,
Tout citoyen français n'est rien que par l'argent.
Soyez un Raphael ou bien un Démosthènes,
Un Lycurgue, un Solon de la nouvelle Athènes ;
Portez, pour éviter un insolent affront,
Le signe du génie écrit sur votre front ;

---

(1) C'est ainsi que le *Journal des Débats* appelle la garde
nationale. On sait que cette feuille prodiguait naguère aux ouvriers l'épithète de *barbares*.

L'urne des électeurs proscrit votre sentence,
Si de l'impôt foncier vous n'offrez la quittance,
Et vous, fils du soleil, que l'ignorant poursuit,
Votre éclat est souillé par les fils de la nuit.

On insiste et l'on dit : « Si le droit de suffrage
Appartient à l'argent, ce monopole est sage.
C'est lui qui du budget enrichit le tableau,
Et son droit se mesure au poids de son fardeau. »
— Eh bien ! soit, je consens que la part la plus large
Revienne à qui supporte une plus lourde charge.
Mais en pesant nos droits, la balance à la main,
Parcourons à grands pas cet aride chemin.
Nous sommes tous armés, comme garde civique,
Pour protéger les lois, la sûreté publique,
Et l'état peut un jour, dans un commun danger,
Mobiliser nos rangs, pour vaincre l'étranger.
C'est un devoir égal pour tous, et salutaire ;
Mais léger pour le riche, il pèse au prolétaire.
L'un, sans nuire à l'éclat de ses riches lambris,
Où s'entasse le luxe à nos regards surpris,
Revêt, insoucieux de l'argent qu'il dépense,
L'habit national, conforme à l'ordonnance ;
Mais l'autre, l'ouvrier, que fait-il à son tour,
Lui, pauvre citoyen, qui vit au jour le jour ?

Pour imiter les grands, dont il s'est fait l'émule,
Il épuise d'un coup son trop mince pécule.
Vous, riche, dont le temps s'écoule en vains plaisirs,
Une garde d'un jour repose vos désirs,
Ou trouble tout au plus un frivole caprice ;
Mais l'ouvrier, soldat de la grande milice,
Est frappé, plus que vous, dans tous ses intérêts ;
Et, quand vous exprimez de futiles regrets,
Lui, pour se conformer aux lois de la patrie,
Souffre dans son travail et dans son industrie,
Et sans biens, sans fortune, actif, intelligent,
Sa noble probité garde à jeun votre argent.

Voulez-vous avec moi suivre le parallèle ?
Chaque mot vous atteint d'une flèche nouvelle.
Payez-vous au pays ce noble impôt du sang,
Qui maintient un état dans sa force et son rang ?
Qui passe dans les camps ses plus belles années,
Et les voit s'écouler, l'une à l'autre enchaînées,
Heureuses quelquefois, quand tarissant les pleurs,
La Gloire à pleines mains sème en riant des fleurs,
Mais tristes plus souvent, amères et sans charmes,
Loin du toit paternel, où coulent bien des larmes.
Est-ce le pauvre ou vous ?—Vous ? non, car au scrutin
Quand le sort vous adresse un mauvais bulletin,

On vous vend à vil prix, pour calmer vos alarmes,
Un héros qui pour vous vive au milieu des armes.
Et vous, d'un air distrait, vous lui dites : « Ami,
» Ne t'avise jamais d'être brave à demi.
» J'étais né pour les camps; mais, dans ma fière audace,
» Je te lègue l'honneur de mourir à ma place. »
— Que fait l'homme du peuple ? Il va sans murmurer,
Après ces longs adieux, qui l'ont tant fait pleurer,
Rejoindre son drapeau, dont l'éclat tricolore
N'efface pas en lui ceux qu'il regrette encore :
Et s'il revient un jour, pauvre, dans le hameau
Où l'attend la chaumière, abri de son berceau,
Il vous protége encor, vous, puissans de la terre,
Vous tous, pour qui son bras veillait à la frontière.
Son cœur ne change pas en changeant d'étendard :
Ses bienfaits sont partout, et ses droits nulle part !

Les *deux cents francs* enfin, riche, dont votre bourse
Vient aussi du budget alimenter la source,
Qui les paie en effet ?— C'est nous, et toujours nous :
Ils quittent notre main, pour couler jusqu'à vous,
Et le flot pur, versé par le propriétaire,
Est l'argent du fermier ou bien du locataire.
Car lui, riche, a pesé dans sa froide sagesse,
En échangeant son or contre une autre richesse,

Ce que telle maison, ou tel bien à son goût
Doit lui rapporter net, tenant compte de tout?
Ses revenus certains sont réglés à l'avance ;
Il sait la quotité de chaque redevance,
Et que le ciel sourie ou pleure à l'horizon,
Son heureux messidor n'est jamais sans moisson.

Quant à cet autre impôt que le vieux dialecte
Du fisc et de l'octroi nomme charge *indirecte*,
C'est encor sur le pauvre, infortuné troupeau,
Que retombe surtout cet écrasant fardeau !
Et cet impôt si lourd, que la chambre tariffe,
Est pour les ouvriers le rocher de Sisyphe.
Vous ne l'ignorez pas, vous qui faites la loi :
Mais le vrai pour vous plaire est de mauvais aloi.
Vous aimez mieux l'erreur, poétique mirage,
Qui fascine vos yeux sous un ciel sans orage ;
Verdoyante oasis, où vous cueillez des fleurs,
Dont l'enivrant parfum assoupit les douleurs.
Vivez, vivez heureux !... mais si l'homme qui souffre
Arrache de son corps la chemise de soufre ;
Et s'il veut à son tour coller sur votre peau
De sa chlamyde ardente un douloureux lambeau ;
Oh ! ne vous plaignez pas ; nos Phalaris à gage
Ont assez torturé le peuple de notre âge.

Il est temps que leur front supporte aussi le faix
Des impôts que pour nous leur égoïsme a faits,
Et que le luxe enfin soit par la main du juste
Étendu tout vivant sur le lit de Procuste....

Il est donc bien prouvé que dans le grand festin
Où chacun doit avoir une part du butin,
Le riche donnant peu, la loi trouve équitable
Que celui qui n'a pas de place à cette table,
La couvre en cent façons, à l'heure du repas,
De mets, de vins exquis, qu'il ne goûtera pas :
Pareil à l'épagneul, (et moins heureux peut-être !)
Qui, chassant tout le jour au profit de son maître,
Oublieux de sa faim, respecte le gibier,
Dans la plaine abattu sous un plomb meurtrier,
Et qui n'a bien souvent, de retour sur sa paille,
Qu'un pain noir qu'il dévore à l'odeur d'une caille?
Voilà le sort du peuple! Il peut en liberté
Défendre son pays, les lois, la royauté ;
Il peut aveuglément, lorsque tonne l'émeute,
Seconder du pouvoir la rugissante meute ;
Se liguer avec lui, pour calmer le beffroi,
Dont les tintemens sourds le jettent dans l'effroi,
Et, profanant aussi les souvenirs du Louvre,
Combler avec des morts le cratère qui s'ouvre!

Il le peut, il l'a fait : mais si l'air corrupteur
Emané de la cour lui soulève le cœur;
S'il veut la presse libre, un autre ministère,
Une chambre plus forte et moins impopulaire;
S'il veut moins de rigueur pour ces purs citoyens,
Spartacus des trois jours, et nos derniers soutiens;
S'il veut, marchant enfin dans sa suprématie,
Planter l'arbre fécond de la démocratie :
« *Barbares*, loin d'ici, lui disent ces Judas,
» Qui rampent dans l'égoût du *Journal des Débats.*
» Loin d'ici! le pouvoir estime le courage,
» Mais quand on le protége; autrement, on l'outrage.»
Telle est la vérité, source des mille abus,
Que ne flétrit jamais la voix des substituts!

O France de juillet, s'il te souvient encore
Des nobles vœux éclos dans cette triple aurore;
De ce rêve divin, magique, radieux,
Qui consolait tes fils expirans sous tes yeux;
De cet accord sublime en nos saintes colères,
Qui nous confondait tous en un peuple de frères;
De cette ivresse enfin qui, si douce à nos pleurs,
Nous rendait l'avenir avec nos trois couleurs,
Un avenir puissant, irrésistible, immense,
Entraînant sur ses pas l'époque qui commence;

Si tant de souvenirs réveillent ton orgueil,
C'est à toi de finir, de venger notre deuil !
Courage, citoyens ! secouons l'agonie
Qu'entretient parmi nous un perfide génie.
Mais, pour anéantir la race des serpens,
Qui, gorgés de notre or, vivent à nos dépens,
Il faut qu'en nos cités la voix de la justice,
En face du pouvoir, sans crainte retentisse ;
Il faut que dans la chambre, en éternel tocsin
Ce formidable écho se transforme à dessein ;
Que ces longues clameurs, comme un bruit de tonnerre,
Annoncent la réforme aux puissans de la terre ;
Que le char du progrès, poussé par chaque main,
Reprenne son élan dans son vaste chemin ;
Que tout homme, affranchi de ses vieilles entraves ;
Ne marche plus courbé sous le joug des esclaves.
En un mot, que chacun se pose en combattant,
Pour que *tout citoyen ait son représentant.*
Ce droit de tous nos maux est l'unique remède :
Qu'il soit entre nos mains le levier d'Archimède !

JULES BAGET.

Imprimerie Lange Lévy et Comp., rue du Croissant, 16.

www.ingramcontent.com/pod-product-compliance
Lightning Source LLC
Chambersburg PA
CBHW061740180626
46818CB00006B/2687